NORMAN BRIDWELL

Clifford®

VA A LA ESCUELA

Traducido por Teresa Mlawer

W9-BTF-427

SCHOLASTIC INC.

New York   Toronto   London   Auckland   Sydney

Mexico City   New Delhi   Hong Kong

Para Deidre Kathleen

Originally published in English as *Clifford's First School Day*

No part of this publication may be reproduced in whole or in part, or stored in a retrieval system, or transmitted in any form or by any means, electronic, mechanical, photocopying, recording, or otherwise, without written permission of the publisher. For information regarding permissions, write to Scholastic Inc., Attention: Permissions Department, 555 Broadway, New York, NY 10012.

ISBN 0-439-08729-5

30 29   16 17 18/0

Printed in the U.S.A.   40
First Scholastic Spanish printing, August 1999

Me llamo Emily Elizabeth. Clifford, mi perro, me lleva a la escuela todos los días. Pero él no entra porque es demasiado grande.

Clifford no ha entrado a una escuela desde que era un cachorrito.

Una vez, lo llevé para la hora del cuento.

Todos los niños querían jugar con mi perrito.
A la Srta. Pearson también le gustó, pero dijo que
era hora de comenzar la clase.

Primero, sacó las pinturas. A mí me encanta dibujar.

Clifford se subió a la mesa y comenzó a olfatear
la lata de pintura amarilla.

¡Ay, ay! La lata de pintura se cayó.

Clifford descubrió que la pintura es resbaladiza.

La Srta. Pearson dijo que Clifford era un gran artista.

Hizo un dibujo amarillo precioso.

No podíamos dejar a Clifford cubierto de pintura.
La Srta. Pearson pensó que jugar con agua sería
una buena manera de limpiarlo.

Tim había hecho un velero con un cartón de leche.

Clifford era el capitán perfecto para el velero.

El capitán Clifford se subió
al mástil para mirar alrededor . . .

Pero no fue una buena idea.

La Srta. Pearson lo secó. Dijo que íbamos a hacer galletitas y que Clifford podía mirar. Así no se metería en líos.

Mientras la Srta. Pearson estiraba la masa para las galletitas, a Clifford le entró curiosidad por el paquete de harina.

¡Otro desastre de Clifford!

La Srta. Pearson dijo que era mejor que Clifford
jugase afuera. Todos salimos al patio.

Pensé que a Clifford le gustaría el tobogán.

Pero se me escapó de las manos.

Y se deslizó por el tobogán solito.

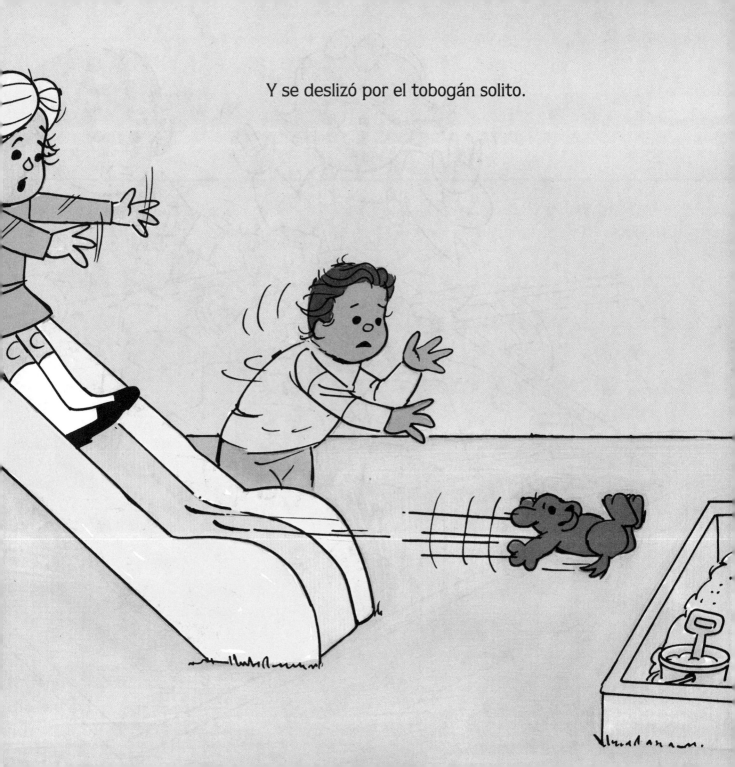

Cayó en el cajón de arena.

Ayudamos a los niños a rehacer el castillo de arena.

Nombramos a Clifford rey del castillo.

Eso le encantó.

Llegó la hora de la merienda.

Compartí un sándwich y un postre de gelatina con Clifford.

Se comió el sándwich de un bocado,

pero no sabía cómo comer la gelatina.

El pobre Clifford perseguía la gelatina por todas partes.

A los niños les pareció muy divertido.

La Srta. Pearson dijo que era mejor que Clifford se fuera a casa a almorzar. Me dijo que lo volviera a traer a la escuela cuando creciera un poco más.

Si lo viese ahora. . .